AF329341

Publications mensuelles de l'*IDÉE LIBRE* - Brochure N° 86

P.-G. LAROCHE

OSSIP-LOURIÉ

L'HOMME ET L'ŒUVRE

Avec un portrait hors texte
D'après le pastel d'E.-A. Bourdelle

Prix : Un franc

L'IDÉE LIBRE
Conflans-Honorine
(Seine-et-Oise)

Librairie STOCK
155, Rue Saint-Honoré, 155
Paris (1ᵉʳ)

1924

OSSIP-LOURIÉ

(d'après le pastel de BOURDELLE)

OSSIP-LOURIÉ

L'HOMME ET L'ŒUVRE

Publications mensuelles de l'*IDÉE LIBRE* - Brochure N° 86

P.-G. LAROCHE

OSSIP-LOURIÉ

L'HOMME ET L'ŒUVRE

Avec un portrait hors texte
D'après le pastel d'E.-A. Bourdelle

Prix : Un franc

L'IDÉE LIBRE
Conflans-Honorine
(Seine-et-Oise)

Librairie STOCK
155, Rue Saint-Honoré, 155
Paris (1er)

1924

OSSIP-LOURIÉ

(L'homme et l'œuvre)

Ces pages rapides sont un faible hommage d'admiration d'un disciple. Je dois beaucoup aux ouvrages de M. Ossip-Lourié ; ils m'ont aidé et m'aident à vivre, à aimer, à penser, à souffrir.

C'est une joie de rencontrer sur son chemin, au milieu de tant de tristesses et de laideurs, une âme sereine dont on subit l'influence et le charme sévère.

Figure ramassée et extérieurement placide, le front admirablement haut ; les cheveux rejetés en arrière, tout blancs, comme la barbe en pointe. Un visage jeune, des yeux doux, au regard d.oit, des yeux qui se fixent et pénètrent, ironiques et scrutateurs, sous le front blanc et qui semble grandir...

Un initié, un homme simple et un esprit hautain dans ses oscillations sceptiques. Une intelligence ouverte et vigoureuse ; une sensibilité fine et aiguë. L'une des consciences rares, pures et libres de notre époque. Un philosophe resté fidèle à la conception de Platon : le philosophe est un homme qui peut tout envelopper d'un seul regard. Un saint qui a surmonté les vestiges de la misère et de la grandeur de l'homme et dont le sourire synthétise toute sa philosophie.

Tel est M. Ossip-Lourié.

Je l'avais rencontré pour la première fois en Suisse, en 1907, à la haute montagne. Je l'ai revu depuis, bien des fois, chez lui, à Paris, et je garde des souvenirs émus des heures délicieuses passées dans sa bibliothèque dont le silence et le calme impressionnent. Mais c'est à la montagne que je me flatte d'avoir compris sa personnalité.

D'une indépendance farouche et d'un courage civique maintes fois
éprouvé, M. Ossip-Lourié dit franchement et loyalement sa pensée,
toujours, partout, à tous, à propos de tout. Pas une phrase ne tombe
de sa plume sans qu'elle soit pensée et vécue.

Selon M. J.-S. Gilbert (1) « M. Ossip-Lourié est l'une des plus
nobles figures de notre temps... Sa vie est un voyage à travers les
idées où il a touché aux cimes de la pensée humaine. Vie intérieure
avant tout, elle est moins dans les événements que dans le travail...
Regard calme et âme tourmentée, il conserve la sérénité de ceux qui
sont assurés de trouver toujours la paix en leur conscience. Il connait
l'angoisse de la vie, mais loin de la mépriser, il en reconnaît la beauté.
Il aime les œuvres, sous toutes leurs formes, qui forcent les individus
et les collectivités à sortir des ornières du passé et les engagent sur
des routes vierges... La vie de M. Ossip-Lourié se confond avec
l'histoire de ses livres. Elle est en parfaite concordance avec son
œuvre, riche, probe et puissante. »

*
* *

Dans une jeune revue de la fin du XIX° siècle, l'*Effort* (2), un
jeune critique, Raymond Marival, résume ainsi la philosophie de
premiers essais littéraires (3) de M. Ossip-Lourié: « ...La douleur
humaine est vieille comme le monde, mais aucune génération peut-être
n'a senti comme la nôtre ployer ses reins et s'affaisser ses membres
las sous la désespérance de vivre. La vie plus que jamais est un san-
glot. Le livre de M. Ossip-Lourié vient donc à son heure, car il a
su y noter, en quelques pages, d'une simplicité voulue, mais d'un
symbolisme poignant, ce que saint Paul appela jadis: l'éternel gémis-
sement de toute créature... »

Un autre jeune, M. Charles de Rouvre, écrit dans *La Revue Moderne* (4): « ...Dès la première page tournée, j'ai éprouvé la douceur
d'un bercement en même temps que le charme d'idées hautes. Car il
y a des idées et il y a du chant dans cet ouvrage... Je vois librement,
et grâce à lui, dans l'âme d'Ossip-Lourié. Il m'y conduit et je le
comprends. Et tout étant nuances dans cette âme, tout y étant fugitif,
intérieur, hors de la terre, — ce qui ne serait pas exprimé directe-
ment par lui ne serait jamais que l'écho assoupi d'une chanson loin-
taine... Il sait notre langue, — la vraie langue, — il est des nô-

---

(1) *L'Humanité*. 28 février 1922.
(2) Avril 1896.
(3) *Echos de la Vie. — Ames souffrantes.*
(4) Mars 1894.

tres (1) ...Avec la langue dont La Bruyère et Hugo, ces deux pôles opposés, se sont si pleinement, si admirablement servis, il comprend que tout homme ici-bas pourra trouver, comme dans un inépuisable trésor, ce qui demandera son âme, fut-elle exigeante à l'infini ! Et, génie de notre langue, il le dit en pur français, sans crainte et rempli de confiance... Les héros successifs de cette suite de *Nouvelles* — de courtes études plutôt, — passent presque inactifs dans le moment que nous les voyons, et tous en proie au souvenir, ils se souviennent. Le livre est un songe... Et une pitié immense déborde de ces pages... Je suis sorti de cette lecture sans doute plus triste, mais aussi plus imprégné de tendresse. Un souffle d'apôtre a passé sur ma tête ; je suis meilleur. »

Après *Echos de la Vie* et *Ames souffrantes*, M. Ossip-Lourié ne publiera que deux ou trois Nouvelles, dont *Bonheur de la Rose*, un pur chef d'œuvre de sensibilité, paru dans l'*Université de Paris*, avril 1897 ; il s'adonnera un certain temps au tolstoïsme, à l'ibsénisme, et se consacrera définitivement à la philosophie et à la psychologie. Dans ses œuvres les plus abstraites, il demeurera toujours le fin lettré, l'artiste, le poète sensitif, l'idéaliste qui adore le culte de l'Idée.

*
* *

Tolstoï et Ibsen sont maintenaant célèbres, mais vers la fin du siècle dernier ils n'étaient connus que de quelques rares privilégiés... « Je feuillette avec émotion et respect un volume qui m'arrive, un rare volume substantiel, comme il fait bon en rencontrer dans l'amas des imprimés contemporains : *Pensées de Tolstoï* par Ossip-Lourié... Tolstoï est là tout entier dans son évolution morale... » (2). « ...La tâche de M. Ossip-Lourié, si difficile, a été menée à bien avec beaucoup de pénétration et de goût critique... » (3).

Ces *Pensées* ont servi à M. Ossip-Lourié d'appendice et de pièces justificatives pour son grand ouvrage *La Philosophie de Tolstoï*.

Gabriel Séailles, professeur à la Sorbonne, consacre dans la *Revue Philosophique* (janvier 1900) une longue étude à cet ouvrage : « ...Dans ce volume M. Ossip-Lourié cherche à dégager l'idée maîtresse de Tolstoï qui, présente à toutes ses pensées, les relie et les organise...

(1) Né en Russie en 1868 (et non en 1869 comme l'affirme le *Nouveau Larousse*). M. Ossip-Lourié vint à Paris en 1893. Il est naturalisé français par décret de 1902, pour services rendus aux Lettres françaises. Cette forme de naturalisation est assez rare. Elle n'a été accordée qu'à quelques écrivains : Victor Cherbuliez. Jean Moréas, etc.
(2) Camille Mauclair. *L'Aurore*. 3 novembre 1898.
(3) Vaschide. *Revue philosophique*, juin 1899.

L'originalité de M. Ossip-Lourié est de ne pas séparer l'œuvre de l'homme... Pour l'avoir ainsi saisie dans son rapport à l'esprit vivant qui l'a conçue, M. Ossip-Lourié met dans l'exposé même de la doctrine quelque chose d'ardent et de passionné où se retrouve l'inspiration qui la créa... »

Emile Boutroux, président du jury de la thèse de doctorat, en Sorbonne, de M. Ossip-Lourié, a fait quatre communications à l'Académie des Sciences morales et politiques sur les ouvrages de M. Ossip-Lourié, en 1899, 1900, 1903, 1913. Voici comment il juge la *Philosophie de Tolstoï :* « ...Le mélange intime du fait et de l'idée, la fusion constante de l'homme et du penseur font l'intérêt et l'unité de ces pages... La liberté même avec laquelle M. Ossip-Lourié s'exprime sur son auteur ne donne que plus de prix à l'admiration qu'il professe pour l'apôtre de Iasnaïa-Poliana. Son livre est, en réalité, une œuvre de foi en même temps que d'intelligence. Il croit que l'amour éclaire en même temps qu'il échauffe... »

Non content de publier des volumes sur Tolstoï, M. Ossip-Lourié fait, en 1899, une conférence sur le tolstoïsme, à l'Ecole des hautes études sociales, et, en 1900, deux conférences sur Tolstoï et sur Ibsen, à l'Ecole internationale de l'Exposition Universelle, sous la présidence de Gréard, recteur de l'Université de Paris, et de Liard, directeur de l'Enseignement Supérieur. « Hier, au Petit-Palais, dans la vaste salle aux voûtes pesantes qui donnent au local, écrasé par les arceaux, un aspect de crypte, M. Ossip-Lourié a parlé de Tolstoï. Le décor austère était bien, ce semble, celui qui convenait à une causerie sur le grand romancier-philosophe. « — Ce n'est pas des romans de Tolstoï que je compte vous entretenir, a déclaré le conférencier en débutant, mais de ce qui constitue la partie la plus importante de son œuvre : je veux dire sa morale et sa philosophie. » — Aussi clairement que possible et avec une élégance de termes remarquable, sans notes, M. Ossip-Lourié a exposé les idées du grand réformateur russe. Il a été fort applaudi... » (1).

« Ibsen n'est aux mains de M. Ossip-Lourié qu'un prétexte pour l'exposition de ses propres doctrines », écrit la *Revue de Métaphysique et de Morale*, novembre 1900. — « Voici la thèse du très intéressant livre de M. Ossip-Lourié. L'auteur est convaincu que la religion définitive de l'humanité sera la conscience individuelle... L'originalité de sa thèse, si nous l'avons bien comprise, consiste en ceci : il faudra traverser le socialisme pour atteindre un état final de liberté... » (2).

(1) *Le Figaro*, 9 octobre 1900.
(2) Jean Bourdeau, *Journal des Débats*, feuilleton du 23 septembre 1900.

D'après Emile Boutroux — communication à l'Institut — :
« ... L'idée principale de ce livre, très bien informé, écrit avec verve,
avec couleur, avec force, c'est une distinction, que l'auteur conçoit
comme profonde et décisive, entre l'individualisme proprement dit et
la juste doctrine de l'individualité. Le développement normal de l'individualité n'implique pas le mépris des autres. L'individualité peut
être la forme de la conscience, sans en être l'objet et la fin. On peut
vouloir d'abord être soi-même, pour se consacrer ensuite au service des
autres. La formule de sa morale, c'est non pas : vivre pour soi, mais :
se posséder pour se donner... »

En Scandinavie le succès de l'ouvrage était d'autant plus considérable que M. Ossip-Lourié écrivait à cette époque dans le *Morgen-
bladet*, grand journal de Christiania, sur la *Vie intellectuelle en
France*. On songea un moment à M. Ossip-Lourié pour le prix Nobel.
On lit dans le *Figaro* du 13 décembre 1901 : « M. le comte d'Haus-
souville, directeur de l'Académie Française, a officiellement annoncé
hier à la Compagnie la haute distinction dont vient d'être honoré
l'un de ses membres, M. Sully-Prudhomme, lauréat du prix Nobel
pour la littérature... A propos de ce prix Nobel, il est intéressant de
connaître quels étaient les candidats mis en ligne et combien de
suffrages ont obtenus ces divers candidats. Nous tenons de bonne
source qu'en dehors des voix qui se portèrent sur le nom de M. Sully-
Prudhomme, il y en eut trois pour Ibsen et trois également pour
Tolstoï. De plus, Mistral, Sienkiewicz, Ossip-Lourié et Hauptmann
en obtinrent chacun deux ; enfin Edmond Rostand, d'Annunzio et
Freitag, chacun une. Et pour n'avoir pas été cette fois élus, ces
divers appelés peuvent garder l'espoir de décrocher plus tard, à leur
tour, cette belle timballe d'or. »

Les votes de l'Institut Nobel étant secrets, nul n'a jamais pu vérifier
la nouvelle annoncée par le *Figaro*, l'*Agence Havas* du 13 décembre,
le grand journal de Stockholm, *Svenska Dagbladet*, du 16 décembre
1901, etc.

*
* *

En 1902, M. Ossip-Lourié fait paraître son livre la *Philosophie
russe contemporaine*, « ouvrage de longue haleine » (1), « dont le
mérite incontestable, c'est de nous faire connaître, *pour la première
fois*, la philosophie russe. » (2).

« ...M. Ossip-Lourié montre que nulle part plus qu'en Russie, on
ne s'occupe des questions morales. Le libre arbitre, la responsabilité
des criminels, l'éternel problème : comment *vivre?* passionnent autant

---

(1) D' Jankelevitch. *Revue philosophique*, 1902, T. I.
(2) *Revue de métaphysique et de morale*, 1902.

et plus que les questions politiques. De la classe éclairée jusqu'au paysan illettré chacun est grand philosophe dans les questions morales. Il ne s'agit pas là des théories abstraites, mais de pratique, de conduite, de vie... Ce que veut la Russie, si l'on en juge par les doctrines de ses philosophes, c'est l'émancipation matérielle... Telle est la signification de la *Philosophie russe contemporaine*, œuvre d'un historien instruit et intelligent, mais non impassible, contribution intéressante, non seulement à l'histoire de la philosophie proprement dite, mais à l'histoire générale des idées morales, religieuses et politiques de la Russie contemporaine. » (1).

En 1905, M. Ossip-Lourié se présente au public avec sa *Psychologie des romanciers russes au XIX° siècle*. « C'est un travail considéble, — dit l'illustre psychologue M. Ribot (2) — il fait suite aux publications antérieures de l'auteur... Etude d'un grand intérêt pour le psychologue et le moraliste... » Le professeur Grasset écrit dans la *Revue des Deux-Mondes* (15 février 1906) : « ...Dans sa belle étude, M. Ossip-Lourié a bien montré qu'aucune littérature n'offre autant de cas de pathologie de la volonté que la littérature russe... » On lit dans la même *Revue des Deux-Mondes* (15 janvier 1905) : « ...M. Ossip-Lourié prouve que le roman russe est le tableau fidèle de la Russie du XIX° siècle, que, dans son ensemble, il est la résultante des forces qui constituent la société russe, que les romanciers russes ont introduit dans la littérature une nouvelle manière de penser, de juger de la vie et des hommes... »

Nous sommes en 1905, la sanglante année de la « petite » révolution de St-Pétersbourg. « Les événements qui se déroulent sous nos yeux, — écrit la *Revue de Paris* (avril 1905) — ou qui menacent, sollicitent trop vivement l'attention du public pour qu'il soit besoin de lui recommander la lecture de la *Psychologie des romanciers russes*, il y trouvera les causes profondes de tout ce qui survient en Russie... » Pour Paul Marion : « ...M. Ossip-Lourié nous donne le livre le plus complet et le plus documenté qu'on n'ait jamais écrit sur l'évolution du roman russe, sans excepter la très remarquable étude de M. de Voguë... En traçant, avec une rare clairvoyance et une parfaite netteté un portrait psychologique aussi poussé des différentes classes de la Russie actuelle, M. Ossip-Lourié nous a donné un ouvrage d'un intérêt capital qui devrait être étudié — et médité — par tous ceux qui souhaitent l'affranchissement de l'homme... » (3).

La Russie en 1914-1917 est un recueil d'études publiées dans le

(1) Emile Boutroux. *Communication faite à l'Académie des sciences morales et politiques*, 23 juin 1905.
(2) Académie des sciences morales et politiques, séance du 6 mai 1905.
(3) *La République française*, 25 mai 1905.

vieux périodique, *Bibliothèque Universelle*, de Lausanne. Il y a dans ce livre des souvenirs personnels, des pages émouvantes sur la guerre, sur les événements progressifs qui précèdent la Révolution, sur les étapes évolutives de cette dernière. Lavisse, notre plus grand historien moderne, n'a pas hésité d'écrire dans la *Revue de Paris* (novembre 1918) : « Ces chroniques sont du plus haut intérêt et si elles avaient été répandues en France dès le début de la guerre, elles nous eussent évité bien des désillusions et peut-être d'irréparables fautes. » M. Patin constate dans le *Figaro* (27 avril 1919) que « ...la profonde connaissance de l'âme et de la vie russes permet à M. Ossip-Lourié non seulement d'éclairer le présent, mais bien souvent de prévoir l'avenir, et s'il est vrai, comme il l'avoue lui-même modestement, qu'il ne crût pas la révolution si proche, il en avait cependant, lorsqu'elle éclata, dénoncé depuis longtemps toutes les causes. Bien des prophètes du passé pourraient lui envier sa clairvoyance... »

M. Roux, agrégé de l'Université, écrit le 17 novembre 1918, dans le *Pays*, journal dirigé par M. Gaston Vidal : « ... M. Ossip-Lourié est non seulement un philosophe et un fin lettré, il est l'un des rares Français qui connaissent réellement la Russie, les nationalités qui la composent, leurs langues et leurs mœurs... M. Ossip-Lourié est aussi une intelligence et une conscience, il sait regarder, il sait voir, il sait juger et il ose dire franchement sa pensée, — chose terrible qui ne plaît pas toujours à tous, — et qui doit lui créer plus d'ennemis que d'amis : grand honneur pour un probe écrivain... » Le petit livre de M. Ossip-Lourié, *La Révolution russe*, paru en 1920, montre combien le jugement de M. Roux est juste. Deux hommes, en Europe, osèrent dire, en 1920, la vérité sur la Russie : M. Fridtjof Nansen et M. Ossip-Lourié, et ni l'un ni l'autre n'appartiennent à aucun parti politique.

**

Tandis que ses ouvrages sont discutés, M. Ossip-Lourié, « loué par ceux-ci, blâmé par ceux-là, se moquant des sots, bravant les méchants, » continue son œuvre. En 1904, il publie *Bonheur et Intelligence* ; en 1908, *Croyance religieuse et croyance intellectuelle*. Dans *Bonheur et Intelligence*, M. Ossip-Lourié oppose la conception idéaliste du bonheur à la conception réaliste. « ...Il est difficile de résumer les pénétrantes analyses dont ce livre est plein. Je me borne à dire que si l'on pourrait discuter une ou deux vues qu'il contient, on y trouve, d'un bout à l'autre, une fine psychologie en même temps qu'une réelle élévation morale... » (1). — « ... Le livre révèle une âme idéaliste et on ne regrette pas d'avoir lu ces pages élégantes,

---

(1) Henri Bergson, *Communication faite à l'Académie des sciences morales et politiques, le 8 avril 1905*.

cette profession de foi apaisante d'une âme noble... » (1). — « ...Livre d'un sincère, oui, d'un sincère. M. Ossip-Lourié n'écrit que pour dire ce qu'il pense, pour le dire sans apprêt et sans réticence... L'auteur s'est étendu bien au-delà de son sujet. A en juger par son titre, il aurait dû célébrer uniquement les joies de l'intelligence. Il leur en donne assurément une grande place et il sait en parler comme un homme capable de les ressentir. Mais dans le dernier chapitre de l'ouvrage, il a des pages écrites avec finesse sur l'automatisme intellectuel. Et il juge cet automatisme avec une juste sévérité... C'est un livre d'un sage et d'un vaillant... » (2).

Le 9 octobre 1908, Th. Ribot présenta à l'Académie des Sciences Morales et Politiques le livre de M. Ossip-Lourié : *Croyance religieuse et croyance intellectuelle*. La communication de l'illustre psychologue, qu'on relit avec plaisir dans les *Travaux de l'Institut*, est une analyse claire et substantielle de l'ouvrage. « Ces pages vivantes et intéressantes, renferment une profession de foi personnelle. » (3). M. Dauriac, dans l'*Année Philosophique*, 1909, attache un intérêt particulier au dernier chapitre du livre : « ...Si je disais que M. Ossip-Lourié s'apparaît à lui-même sous les traits d'un *mystique intellectuel*, je crois bien que je le définirais à peu près tel qu'il lui arrive de se définir. Et peut-être aiderais-je à la définition de ce mysticisme intellectuel dont il est parlé au chapitre III, et qui me paraît le chapitre capital du livre... L'idée est assurément nouvelle d'attribuer à la croyance intellectuelle une origine mystique et de l'apparenter ainsi à la croyance religieuse. M. Ossip-Lourié est décidément sur le chemin d'une idée féconde. Je lui souhaite de la reprendre un jour, car ce thème philosophique issu de son esprit est de ceux dont la beauté ne craint pas, mais au contraire, appelle les reprises. » M. J. de Gaultier, dans *Mercure de France*, octobre 1908, constate qu' « aux dernières pages de son ouvrage que vivifie un ton de sincérité allant parfois jusqu'à l'émotion, en termes circonspects, et parmi les réticences dictées par le souci de conserver à son aveu une valeur strictement individuelle, M. Ossip-Lourié déclare se rattacher à la croyance qu'il existe des forces, imperceptibles encore pour nous, dont la découverte définira le noumène encore inconnu qui soutient l'ordre entier des phénomènes... »

*
* *

Aucun ouvrage de M. Ossip-Lourié n'a eu le retentissement aussi considérable que ses deux volumes *Le langage et la verbomanie* (1912)

---

(1) *Revue de métaphysique et de morale*, mars 1904.
(2) M. Dauriac, *L'Année philosophique*, 1905.
(3) Hébert, *Revue de l'Université de Bruxelles*, octobre 1908.

et *La Graphomanie* (1920) (1). La presse philosophique, la presse
scientifique, la grande presse sont d'accord pour marquer la valeur
exceptionnelle de ces deux livres. « Il faut du génie pour les écrire »
a-t-on dit avec raison. La plus ancienne compagnie savante de France,
la Société médico-psychologique, a élu, dès 1912, à l'unanimité,
M. Ossip-Lourié membre de cette société. M. Th. Ribot a consacré
dans la *Revue Philosophique*, octobre 1912, au livre *Langage et
verbomanie*, des pages déjà maintes fois citées :

« ... Avant d'entrer dans la pathologie, à titre d'introduction,
Ossip-Lourié a écrit, sur les rapports de la pensée et de la parole,
deux bons chapitres qui m'ont paru l'une des meilleures parties du
livre, traitée avec solidité, avec une pleine connaissance du sujet
et avec une vue des problèmes qui se posent et de leurs difficultés...
Notre auteur réclame l'avantage d'avoir le premier érigé la verbomanie
en entité morbide. Le plan du livre est celui qui est adopté par les
médecins dans les Traités de pathologie... On retrouve aussi, dans
plusieurs chapitres, la qualité de moraliste observateur et pénétrant
dont l'auteur avait déjà fait preuve dans ses livres précédents, notam-
ment *Bonheur et Intelligence*... La verbomanie méritait une étude
particulière et il faut féliciter Ossip-Lourié de l'avoir faite... »

Je regrette de ne pouvoir reproduire ici la communication faite
à l'Académie des Sciences Morales et Politiques, le 28 juin 1913,
par Emile Boutroux. « ... M. Ossip-Lourié a eu la main heureuse.
Il a trouvé un sujet neuf... Le sujet est étudié dans toutes ses parties
et l'auteur en prit hardiment possession... Inutile de rendre justice à
ses dons d'observateur, à la bonne orientation de sa curiosité... » (2).
— « Voici une manifestation psychologique qu'il importe de connaître... C'est à elle que M. Ossip-Lourié vient de consacrer une
intéressante étude, c'est celle qu'il désigne sous le nom de *verbomanie*... L'auteur a parfaitement réussi. Son livre est excellent ; on
ne saurait trop en recommander la lecture à un peuple qui   n souvent « cultive trop l'art de parler et laisse s'atrophier l'art agir. »
Le docteur Camus, qui écrit ces lignes dans la *Gazette des Hôpitaux*,
août 1912, y écrit encore, août 1920 : « ... Le livre sur la *Graphomanie* est le nécessaire et digne complément de l'ouvrage sur la
Verbomanie. Pour tout médecin, la lecture de cette étude sera ins-
tructive et intéressante. Je souhaiterais qu'elle soit utile au moins à
quelques-uns... » — « ... On chercherait vainement dans les diction-
naires le terme de *verbomanie* que M. Ossip-Lourié donne comme
titre à un essai de psychologie morbide, et pour lequel il prendrait

____

(1) Les principaux chapitres de ces ouvrages ont paru dans la
Revue philosophique.
(2) Dauriac. *Année philosophique*. 1913.

presque un brevet d'invention... » (1). Le *Temps* a consacré au livre *Langage et Verbomanie* un feuilleton, sous la signature de M. Paul Gaultier (8 septembre 1913), et deux articles (21 mai et 21 septembre 1912), et aussi un article au livre *La Graphomanie* (17 février 1921) : « ... Plus d'un homme d'aujourd'hui reconnaîtra, certes, un contemporain dans les « sujets » de M. Ossip-Lourié... » M. A. Chaumeix publie vingt-trois pages dans la *Revue Hebdomadaire*, 5 octobre 1912, sur *Langage et Verbomanie* : « ... La découverte de la verbomanie invite l'espèce humaine à une grande modestie... » — « ... Il y a dans *Langage et Verbomanie* des chapitres curieux à ajouter au long et passionnant roman des psychologies morbides... Sa thèse soutenue par des faits et expériences scientifiquement contrôlées, l'auteur l'élargit par des observations plus générales... » (2). — Pour M. Maury (*Revue Bleue*, 19 juin 1920), « ... L'historien des mœurs et le sociologue ne peuvent plus ignorer la *Graphomanie*... L'ouvrage de M. Ossip-Lourié est l'histoire naturelle d'une catégorie d'esprits... » Selon M. Rageot, « la graphomanie est devenue une forme nouvelle de névrose à laquelle un psychologue de profession, M. Ossip-Lourié, a pu consacrer une étude fort étendue... » (3). — « L'ouvrage de M. Ossip-Lourié est douloureux et instructif... » (4). M. Bergson, pour avoir pris à la lecture de la *Graphomanie* un vif intérêt, a tenu à communiquer ses impressions à l'Académie des Sciences Morales et Politiques. Avec quelle finesse le subtil philosophe a parlé du livre de M. Ossip-Lourié ! « Le philosophe et le psychologue, a-t-il dit, y trouveront matière à réflexion... Peut-être l'auteur, en qualifiant de pathologiques certaines formes de la vanité, juge-t-il un peu trop favorablement la nature humaine. »

Il faudrait un gros volume pour analyser toutes les études, françaises et étrangères, suggérées par *Langage et Verbomanie* et par la *Graphomanie*. La *bibliographie* sur l'œuvre de M. Ossip-Lourié constituerait également un volume. Au moment même où ces lignes sont écrites, la *Revue de Métaphysique et de Morale* (juillet-septembre 1923) analyse la *Graphomanie* : « ... Le plan de l'ouvrage est très vaste... Comme La Bruyère, M. Ossip-Lourié se défend de faire autre chose qu'observer... Mais sa méthode l'a conduit à exposer toute une conception de la vie, ainsi qu'une foule de suggestions théoriques et pratiques... »

Langage et Verbomanie et *Graphomanie* ont leur place à côté des

---

(1) J. Bourdeau. *Journal des Débats*, feuilleton du 27 août 1912.
(2) *La Revue*, juin 1913.
(3) *Le Figaro*, 28 novembre 1920.
(4) *Revue mondiale*, juillet 1920.

chefs-d'œuvre philosophiques modernes. Plus tard, quand on étudiera l'histoire de notre époque, on comprendra la portée morale de ces deux livres.

*
* *

Il faut classer M. Ossip-Lourié parmi les penseurs hautains qui se dressent, comme des récifs solitaires, au milieu des flots de la banalité et de la servilité ambiantes. Cet homme et cet écrivain est virtuellement une force morale, une puissance intellectuelle incontestable faite d'une haute intelligence et d'une conscience profonde et concentrée. On le lit de plus en plus et son influence réelle grandit. Mais l'image qu'on en fait, dans certains groupes, est souvent d'une fausseté outrée. Il le sait et en sourit.

On le dit distant ; en réalité, c'est un timide dans la vie courante, et, comme les sensitifs, il n'est jamais content de lui-même. Végétarien, ne buvant que de l'eau, il est d'une austérité ascétique. « On lui reproche, — dit M. Gilbert, déjà cité, — sa tour d'ivoire, — il faudrait plutôt dire : tour de cristal, — mais les portes de cette tour ne sont pas closes, elles s'ouvrent rapidement devant celui qui vient y frapper. Il n'y a pas d'homme plus simple parmi ceux dont l'œuvre compte. La vérité est que, étranger à la politique et grand travailleur, M. Ossip-Lourié ne dîne pas en ville et ne fréquente ni les salons où l'on s'ennuie, ni les cénacles où l'on se pousse. Il y a dans ses ouvrages des pages émouvantes sur la solitude et le silence. »

Depuis la guerre, M. Ossip-Lourié s'enfonce dans sa vie intérieure. Il préfère de plus en plus les livres et les idées aux hommes, dont il demeure cependant toujours l'ami. M. Victor Margueritte voit juste quand il affirme que c'est pour lui-même que M. Ossip-Lourié a composé *Mon Bréviaire*, livre étrange et riche : « ... Le sage, — et je crois bien qu'Ossip-Lourié en est un, — est celui qui se recompose à son usage, avec ses multiples aspects, une vérité. Pourvu qu'elle soit à base de justice et d'amour, soyons certains qu'elle sera bonne et belle... *Mon Bréviaire* constitue un guide disert et un utile compagnon ! » (1) « *Mon Bréviaire* est le résumé de l'expérience de toute une vie... M. Ossip-Lourié a accompli la tâche du voyageur qui laisse le tracé de son itinéraire pour ceux qui voudront, après lui, suivre le même chemin vers les sereines hauteurs où il est parvenu... » (2).

La prétendue tour d'ivoire n'empêche point M. Ossip-Lourié de regarder, d'observer et même de descendre des cîmes où il se complait. La preuve ? *Comité secret*, cet acte, joué au théâtre de l'Œuvre,

____

(1) Victor Margueritte, *Le Peuple*, feuilleton du 9 octobre 1923.
(2) M. I., *Revue Mondiale*, 15 août 1923.

en 1921, cette « satire violente et noble » (1) des divers milieux de notre époque. On peut dire du *Comité secret* ce que M. Marcel Martinet a dit d'un autre ouvrage de M. Ossip-Lourié : « Ce précieux petit livre n'étant pas d'un partisan, mais d'un écrivain averti et honnête, devrait être répandu par millions d'exemplaires. »

M. Ossip-Lourié exprime toujours sa pensée sans avoir à faire le sacrifice à son indépendance ou à une convention sociale. Depuis plusieurs années il publie régulièrement dans le journal *L'Œuvre* un feuilleton *La Vie Philosophique*, feuilleton vivant, fin, nuancé, profond, traitant des idées pures, hautement philosophiques, feuilleton qu'on est surpris de rencontrer dans la presse quotidienne. Qu'il s'agisse de M. Bergson, d'Einstein, de Freud, de Renan, de Pascal, d'un « jeune » ou d'un méconnu, M. Ossip-Lourié dit impartialement tout ce qu'il veut dire, tout ce qui lui semble être vrai. « Tout dans son œuvre nombreuse témoigne de cette « passion pour la vérité » où beaucoup se plaisent à reconnaître le vrai philosophe. » (2).

Il faut s'incliner devant l'écrivain qui met son nom, son savoir, son talent et son travail au service des idées morales et sociales, surtout si ces idées sont justes et belles.

M. Ossip-Lourié est l'un des plus fervents amoureux de la perfection sous toutes ses formes. Il a écrit dans l'un de ses ouvrages : « Nous ne devons jamais accepter aucune forme comme la forme définitive et parfaite du vrai, du bien et du beau. Nous devons monter toujours plus haut, marcher toujours vers l'absolu. L'absolu est peut-être un rêve, mais la recherche de l'absolu remplace souvent l'absolu même. »

L'idéalisme de M. Ossip-Lourié, dont est profondément pénétré chacun de ses livres, ne représente pas l'héritage exclusif du passé, il s'objective dans le présent et s'élance vers l'avenir. Il admire dans l'histoire l'effort continu qui entraîne l'humanité vers l'émancipation finale. Son idéalisme ne se manifeste pas seulement dans ses œuvres, mais aussi dans tous ses actes : ce n'est pas là une affirmation verbeuse, elle est basée, au contraire, sur des faits positifs. Je ne suis pas seul à considérer M. Ossip-Lourié comme l'un des hommes les plus remarquables de notre époque et l'un des maîtres de la pensée contemporaine.

G. LAROCHE.

(1) J. de Pawlowski. *Le Journal*, 27 octobre 1921.
(2) C. Bourquin. *Le Monde Nouveau*, juillet 1923.